겨울이 지나는 곳에서
한 생이 버티고 있다

겨울이 지나는 곳에서
한 생이 버티고 있다

초판 1쇄 발행 2026년 4월 1일

지은이   김희숙
펴낸이   이기봉
편집   좋은땅 편집팀
펴낸곳   도서출판 좋은땅
주소   서울특별시 마포구 양화로12길 26 지월드빌딩 (서교동 395-7)
전화   02)374-8616~7
팩스   02)374-8614
이메일   gworldbook@naver.com
홈페이지 www.g-world.co.kr

ISBN   979-11-388-5672-0 (03810)

겨울이 지나는 곳에서
한 생이 버티고 있다

김희숙 시집

좋은땅

시집을 열며

이 시집은 북한이탈주민인 김희숙 시인이 사선(死線)을 넘으며 겪어 온 치열한 실존의 기록이다. 시인에게 '겨울'은 가족과 이별해야 했던 시린 땅의 기억이자 생을 송두리째 흔드는 거대한 운명의 시작점이다. 사과꽃 하얗게 날리던 고향 북청의 풍경과 대비되는 핏빛 흥남항의 기억, 그리고 자유를 향해 달리던 절박한 순간들이 시집 곳곳에 아프게 박혀 있다.

시인은 고백한다. 매서운 바람을 견디는 것은 언 땅 아래 박힌 뿌리와의 약속 때문이라고 말이다. 만질 수 없는 어머니에 대한 그리움과 두고 온 아들을 향한 절규는 시인의 심장에 '사랑 못'이 되어 깊이 박혀 있다.

비록 타향에서 뿌리를 잃은 이방인의 삶을 살아가지만, 시인은 겨울나무처럼 버티며 자신의 정체성을 찾아나간다. 이 시집은 그 고단한 인고의 시간을 견디어 마침내 길어 올린 뜨겁고 투명한 삶의 고백이다.

임봄 (시인, 문학평론가)

 겨울이 지나는 곳에서 한 생이 버티고 있다

시인의 말

겨울나무가
매서운 바람을 견디는 것은
언 땅에 박힌
뿌리와의 약속 때문이다

바람은 사라지고 언젠가 봄은 오겠지

차례

1부 사과꽃 떨어지던 날

1부

사과꽃 떨어지던 날

길을 떠나며

가야 할 길이
멀다

바람이 서린 북녘으로
그림자 하나
영문 없이 따라간다

그 언덕에
갈까마귀 소리
요란하다

아득해진 길이

숲을 흔든다
아침을 흔든다

해가 뜬다

어서 떠나야겠다

두만강에서

신발에 묻어온 흙이
강기슭 모래알에 스민다

산천에 떠밀리고
바람에 떠밀리고
기어이 가야 한다면 가야지
본 적도 없는 강을 건너야지

엷은 문풍지 울음이
휘파람 소리처럼 귀를 짼다
흰빛이 첩첩이 서린 기슭에
붉은 눈이 내린다

새벽이 깰 즈음

건너편 안개가 걷히고
개가 짖는 소리가 들린다

던져진 신발이
등 뒤에 나뒹군다

사과꽃 떨어지던 날

사과꽃 떨어지는 소리
별처럼 등에 내려앉고
나뭇가지에 걸린 먹구름
해를 가리던 날

떠나는 걸음이
느티나무 그림자에 묻히고
빈 허리 감아 돌던 개울가 실버들

가지 마라 가지 마라
하얀 꽃이 눈을 가리던
사월의 그 봄날은

뒤돌아 다시 본 고향이
옷깃을 잡던 마지막 길

사과꽃이 어깨에
울며 내려앉던 날이었다

빈집

쑥대가 수북한 마당을 가로지르면
삐거덕 삐그덕
대문이 제멋대로 춤을 추는 집

싸늘한 방 이 벽 저 벽으로
거미들이 늘인 줄에
나방 한 마리 누워 흔들거리지

야윈 실뿌리 끊어질 듯
흙의 뱃속에 묻었던 채송화는
벌써 씨를 낳아 뒷산을 덮었지
홀로 깃든 낮은 추녀에
머얼리 산은 저녁마다 내려오고

터진 벽지 틈새로 우는 먼지를 쓰고
고독은 스멀스멀
벽을 타고 하늘로 오르지

철문에는 빨간 꽃이 닥지닥지
다시 핀 채송화 그늘 밑에서
벌들은 눈치 없이 꿀을 퍼내지

고향에는 칠보산이 있다

이름부터 보물인 칠보산[*]

푸른 바다 밝히는 촛대바위
누구도 얼씬 말라 주먹바위
칠선녀가 타고 온 무지개바위
하늘을 이고 있는 달문바위

여름 숲에선
송이버섯 향기가 코를 찌르고
겨울 바다 기슭에는
웅크린 물범 아우들
불처럼 타는 가을의 단풍

사계절이 시고 그림인 칠보산
금강은 보았는가 설악은 아는가

가 보지 않고 칠보산을
어찌 말하랴

---

[*]   함경북도 명천군에 있는 명산으로 함북 금강이라 불릴 정도로 수
      려한 산세와 자연경관을 자랑하며 다양한 보물이 묻혀 있다는 전
      설이 깃든 곳이다.

가 보지 않은 붓이
어찌 칠보산을 그릴 수 있으랴
고향에는 칠보산이 있다

흥남항

흥남항 철수 작전 75년을 맞으며

찬바람 가르는 바다 위
철선(鐵船) 하나 저물녘에 기울고

항구의 비틀린 아우성은
파도가 삼킨다

부르다 멀어진 이름이
바람결에 흩어지고

떠난 자리 그 항구
핏빛 파도 위로 눈이 내린다

아버지와 딸의 어깨 위에
다른 겨울이 내린다

 겨울이 지나는 곳에서 한 생이 버티고 있다

환청

앞집 염소 시끄럽게
울던 소리
징검다리 돌이 구르던 소리

큰 대문집 황소의
먼짓길 달구지 소리

덜렁덜렁 두둘렁
솨솨 퍽퍽 푸르르

침묵도 아닌 것이
소란함도 아닌 것이
낯익게 낯설게 어디엔가 고여

말라비틀어진
등짝에서 밤을 새우니

어인 일인가
이 소리가 환청인가
사향가인가

이별하는 두만강

그 봄 그 강에서
내가 그대를 위해
낡은 노래 부를 수 있을까

그 봄날 그 강가에서
두고 온 기억을 위해
다시 그 이름 찾을 수 있을까

멀어진 저 컨 삐죽한 산이
이별을 길어 올리길
두려워하던 날

강이 다시는 날 품지 않겠노라
맹세하는 소리

시린 발을 땅에 박고
나는 듣고 있었다

자작나무

자작나무가
허울을 던지고
하얀 몸을 곧추세운다

잎갈나무
푸른 잎 사이로
우드득, 겨울 소리가 매섭다

마른바람에
터지고 갈퀸
벗은 몸이 부끄러워

하얀 속살
창백한 얼굴에
자작자작 울음소리

고단한 겨울이
봄의 탯줄을 감는다

그렇고 그런 날들

빈 의자에 앉아 자취가 어린
흰 눈을 손바닥으로 밀고
어제의 너와 말하고 싶어지는

네잎클로버를 신주처럼 모신
책갈피를 뒤져 말라비틀어진 그것에
숙원을 아뢰고 싶어지는

사라진 얼굴이 오래 남는 방에
무작정 조명을 켜서
구석구석 뒤져서라도
그 얼굴을 찾아내고 싶어지는

참새가 한방에 지저귀면
죽은 나뭇가지에 앉지 말라고
후여 소리 지르다가
그래도 안 되면 더는 푸른 추억이 없는
나무를 흔들고 싶어지는

그렇고 그런 날들에
나는 하늘을 삼키고 울음을 숨기지 않는다

 겨울이 지나는 곳에서 한 생이 버티고 있다

두만강 진혼곡

시간을 거꾸로 거스르는 강이
둘렁둘렁 돌멩이 구르는 소리

물을 깨우는 늑대의 하울링에
일시 숨을 죽이는 물의 고요

경계의 이편과 저편을 유영하는
비릿한 내음 속 영혼들이

건너에서 부르는
푸른 종소리에 귀 기울이며
거칠고 어두운 심연 동해로

떠나야 한다 이제는 떠날 수밖에
없는 시간이다
사품 치는 물살 위에서 하늘을 본다

닫힌 하늘을 뚫고
진혼곡이 바람에 나부낀다

두만강에 그 소리가 밴다

파도가 불러요

애꿎은 바위만 때리는
그런 파도를 본 적이 있나요

가슴에 엉킨 흉터 뚝 떼어 가는
그런 파도를 본 적이 있나요

잔물결이 밀려와 모래성을 허물면
파도는 다시 그 자리에
집을 지어요

바람이 바다를 휩쓸던 날
수평선을 향해 길을 떠났어요

파도가 간간이 노래를 불러요
철썩 처절썩
바람 줄 사이로 애잔히 나를 불러요

     겨울이 지나는 곳에서 한 생이 버티고 있다

홀로 아리랑

간밤에 바닷바람이
차지는 않았느냐

매 발톱에 긁힌 절벽
무섭지는 않았느냐

핏빛 노을 넘어
이내의 바다에
사무친 곡성이

어머니 노래 되어
파도가 흔들릴 때

바위 뚫어 솟은
네 꽃잎
장엄하기도 하다

이별

네가 떠난 자리에서
나도 조금씩 부서진다

아직은 못다 한 말
그마저 가져갈까 두렵다

겨울이 지나는 곳에서 한 생이 버티고 있다

귀뚜라미가 울 때

무더위 소낙비에
젖은 팔월을 쥐어짠다
가는 여름이 흘리는 마지막 눈물이
뜨겁게 태양을 핥는다

하룻밤 새어 맞이할 구월
흰 스카프를 감은 새벽이
솔잎마다 이슬을 쏟을 때

매미 울음은 절정에 그치고
쓸려 가는 더운 바람에
한목숨을 건 초록뱀
하얀 비늘이 빗물에 은빛이다

새가 발톱으로 찢어 놓은
모퉁이 구름 사이로
긴 낮을 버리고 긴 밤을 가져오는
태양과 별 사이의 숨바꼭질에

팔월 밤 귀뚜라미는 여름 가는 게 싫어
이 새벽 얼마나 더 울까

하늘의 유목

나는 기러기다

내가 기러기라는 것을 사람들이 안다면
구름을 깁던 발톱으로 강을 꿰매는 걸
사람들이 보았다면
그들은 나에게 천사처럼 계절을 주었을까

그랬다면,
그러했다면,
허공에 그 많은 울음을 남기지 않았을 것이다

가는 길이 멀었다
적도의 태양에 닿아 빨갛게 벼린 부리
내리꽂는 하강에 숨이 막힌다

낮게 돌던 물안개가 먼 길을 덮친다
가는 길마다 물어물어 가야 한다

초원의 허공에 얼음이 뿌려질 때
비린 바람 속에 젖은 날개를 휘어잡는다
어설픈 독백이 나비의 언어로 변하고

   겨울이 지나는 곳에서 한 생이 버티고 있다

이팝나무꽃은 시월의 눈을 길에 뿌린다

눈꽃을 따라 발이 푹푹 빠지는 사막
하나, 둘, 셋,
날개를 멈추거라
붉은 평야에서 춤을 출 생각 꿈에도 하지 마라

이곳은 죽은 태양이 흘린 피가 스민 자리
서로 다른 방향을 등졌다면 우리는 이방인
기러기도 기린도 아닌
날개도 발톱도 아닌 것으로
찻잔을 마주할 수 있을까

그 계절 동백이 지고 희뿌연 하늘이 푸르러질 때
먼 곳의 기억이 또 나를 부른다면

게르 위에
내려앉는
하얀 달 속으로
무거워진 그림자를 접어둔 채
나는 다시 떠나갈 것이다

자유를 말하다

태어날 때부터 내 것이면서도
진작에 내 것인 줄 몰랐던 것

살아서 그토록 바랐건만
죽어서도 가질 수 없었던 것

애초에 있어서는 안 되는 줄
태초에 없어야만 되는 줄

언제 빼앗긴 지도
언제 잃는지도 몰랐던 것

갈망은 태양을 붉게 태우고
내 것이 사라지기엔 아쉬운 미련

자유
그것을 갖고 싶어 두만강 물살에
자식의 손을 놓쳐 버린 여인의 통곡

그것을 찾으려 청산가리를 품에 안고
숲길을 달려야 했던 젖은 신발들

이제 와서야
마음 놓고 말할 수 있는

그것이 원래 내 것인 줄
가진 자가 돼서야 알게 되었으니

자유 그것은 고향의 언덕으로
죽으나 사나 짊어지고 가야 할
영혼의 뿌리

먼 길

사과꽃이 하얗던 그곳
물오리 떼 날아돌던 그곳

그곳은 아주 먼 곳이란다
먼 길이어서 갈 수가 없단다

강 건너 불어오는 바람이
두 볼을 만져 줄 때

나는 그곳을 먼 곳이라 아니 했다
그러나 먼 길이어서 갈 수가 없단다

그 길 위에 떡하니 찍힌
나의 마지막 발자국

먼 길녘에 안개가 자욱하다
먼 길이라도
꽃길이었으면 좋겠다

2부

엄마는 왜 울까

갈매기

수평선 무한대에서
나는 춤을 춰요

진득이는 진펄이
유혹을 해도
파도를 타고
나는 서핑을 해요

바다 깊숙이
부리를 대고
문어랑 가자미랑
함께 놀아요

유리그릇 등판에
바다는 추워해요
긴 목으로 하늘과
바다를 꿰매요

바다가 잉태되는
역동의 소리가
파도를 타고 귀에 박혀요

사랑 못

고운 바람이 스치는 새벽
당신의 숨결이 창가에 있습니다
아침 햇살 따스함이
어릴 때 이불 속 그 온기와
닿아 있습니다

살 끝을 더듬는 거친 손마디는
흘러온 세월 나를 지켜 온 울타리
하늘같이 푸르던 눈은
길 잃고 방황할 때 이끌던
마음속 등불이었습니다

너무 멀리 흘러와 있어서
만질 수 없는 어머니

당신이 내게 준 선물은
심장에 깊이 박혀 뽑히지 않는

사랑 못 하나입니다

엄마는 왜 울까

1.
아이고 아이고야 어흐흐
통곡이 곡을 만든다 높고 낮은 음률의 범주처럼 쏴 울림
의 여운을 남기는 게
꼭 유령의 씨앗을 삼키고 뱉는 것 같다
소리가 벽 모서리에 가 닿았다 다시 돌아오면
희뿌연 전등갓이 와르르 무너져 내린다
엄마 손등에 눈물이 떨어지면 알록달록 테두리를 두른
국제 편지 귀퉁이가 후르르 해진다
허공으로 날숨 속의 울부짖음이 퍼진다
엄마의 입술이 파랗게 질리고
동공은 중심을 잃고 허우적거린다
어린 가슴이 서늘해질 때 바람이 어둠을 슬슬 몰아온다

2.
곡성이 비낀 어슬한 벽에서
한 장의 가족사진이 바닥을 내려다본다
길게 드리운 그림자가 사진으로 다가간다
어둠 속의 커튼을 활짝 열어젖히기라도 할 듯
사진의 귀퉁이에서 한 여자애가 웃는다
웃는 입술이 엄마를 부를 수 없음이 접동새의 울음에

 겨울이 지나는 곳에서 한 생이 버티고 있다

엎어진다
낮은 추녀가 새의 울음을 싹 감싸안는다

3.
기억에도 없는 큰언니가 보내온 편지다
열세 살 몽당치마 언니는 내가 태어나던 해
중국으로 건너가 다시 돌아오지 않았다
먼 곳에서 불어오는 바람에도
가슴으로 텅 빈 울음을 뽑아내는 새에도 엄마는 소식을
물었다
연분홍 어린 채송화가 밤새 피어
바람에 날려 가면 엄마는 또 운다
엄마 울음소리가 죽은 나뭇가지 끝에 걸리던 그 저녁은
소쩍이와 내가 구슬프게 함께 울던 날이었다

뻐꾸기가 울던 날

돌배 나뭇가지에
뻐꾸기가 앉아 울던 날
기차에 몸을 싣고
아들은 떠났다

빠르게 지나는 창밖으로
멈추지 않는 새의 울음이 퍼지고
낮 구름이 물컹거리는 곳에서
비명이 간간이 들린다

그림자가 아이를 쫓아간다
아우성인 팔이
발목에 휘감긴다

여기저기서 공기를 찢어 대는
그것이 점점 사라지는 곳으로
헐렁한 군모가
깃발처럼 나부낀다

기약 없이 내빼는 기차 꼬리에
잿빛으로 내리는 봄비가

개나리를 휘감는다

꼭 살아서 돌아오너라
엄마의 넋두리가 빗금을 가르고 사라진다

아버지의 봄

푸석해진 머리칼은 가늘어지고
팔은 비틀릴 듯 휘어 있습니다

후줄근한 옷은 잿빛으로 바래고
동여맨 신발은 젖어 있습니다

뽀얀 새벽이
빗자루 끝에 매달립니다

축축한 바짓가랑이에는
어제 흔적이 묻어 다닙니다

곱사등이처럼 굽은 등
억새같이 세어 버린 머리에
사과 꽃잎이 내려앉습니다

아버지 하얀 기침 소리에
아침이 깨어납니다
천지의 봄이 흘러갑니다

       겨울이 지나는 곳에서 한 생이 버티고 있다

어머니의 호미

까맣게 탄 잔등 위에
소금꽃이 하얗게 피어났소

삼밭 같은 머리에는
초승달이 어른거리오

돌멩이 두들기는
늙은 호미 호통에

어깻죽지 부서지며
장단을 맞추오

산너울 뙈기밭에
그림자가 덮이면

천둥 같은 바람이
고단한 호미를
젖은 벽 속으로 밀어 넣소

달빛에

구름 타고
홀로 가는 길

그러안아
부르고 싶어

감히 다가서
바라만 보다

저 멀리 생각나는
엄마 얼굴 같아

달빛 어우름에
쏟아 버린
눈물 한 바가지

날개가 있다면

만약
어깨에 날개가 달린다면
발가락이 날개로 변한다면
너는 내게로 올 거야

만약
손가락 사이에 날개가 돋는다면
머리카락이 날개로 벌쭉 선다면
너는 정말 내게로 올 거야

풀씨 자락에 날개를 붙여 줄게
눈꽃 자락에 날개를 이어 줄게
북극과 남극을 날개로 연결해 줄게

오늘도 너를 기다리는
달맞이꽃 날개가 밤바람에 떨고 있어

고해

어머니 이번 추석에도 못 가오
추석 달이
벌써 열네 번 떴다 졌소

쪽배처럼 흘러가던 달이
당신이 잠든
빈방에 둥글게 차 있소

바람결에 실려 온 그 달이
내 가슴에도
가득 머물러 있소

먼 데 달이 다시 둥글어지면
다음 추석엔 꼭 찾아가리다
어머니 산소에

코스모스 한 아름 꺾어 들고요

벼 이삭 줍는 여인
밀레《이삭 줍는 여인들》을 감상하며

햇빛 어지러운 땅에서
엄마도 저렇게 허리를 굽혔으리

그루터기에 붙어 있는
벼 이삭 한 알이 고마워서
흙과 손은 백번도 더 맞붙었으리

냉정한 하늘이 굽어보는
그 가을 그 들판에서
외로운 참새 소리 등에 업었으리

고작 빈 하늘을 우러러
엄마는 부르짖었으리
고작 빈 땅에 대고
엄마는 머리를 조아렸으리

벼 이삭 줍는 엄마의 손에서
별 같은 밥이
태어나는 소리가 들렸으리

꿈이 비에 젖으면

빛 없이 익어 가는 어둠에서
바람에 할퀴이고 베어진 나무가 울고 있다
하얗게 드러난 속살 위로
푸른 액체가 뚝뚝 흘러내린다

창문을 두드리는 빗소리가
쫓아오는 총소리처럼 들린다
앞으로 솟구친 몸은 자석에 붙은 듯 한 발짝도
움직여지지 않는다

마디마디 번지는 신열이 푸른 강을 건너다가
황량한 들판 출구 없는
미로의 세계에서 길을 잃는다

제발 시간이 멈춰 주길 기다리며
손에 빗금을 움켜쥔 채 좁은 문으로 들어가
고해성사의 기도문을 중얼거린다

먼지처럼 가라앉은 이슬이
촉촉한 얼룩으로 베개를 적신다

   겨울이 지나는 곳에서 한 생이 버티고 있다

빗물은 정적 사이로 조금씩 내려
어느덧 바다로 흘러간다

매일 밤 쥐었다가 놓치는 그곳에서
살구나무 잎사귀가 바람에 흔들린다
흐르는 앞 냇가에 하늘이 떠간다

아버지

아버지
아직도 고향집 사립문을
열어 두고 계시나요

가시넝쿨 울바자에
빨간 장미 올리시던 날
손바닥에 붉은 피 흘리시던

아버지
아직도 동구 밖 오리나무 밑에서
딸을 기다리며 서 계시나요

젖은 눈에 굽은 주름 얼룩진 채
천도에서 걸어 나오시는

아버지
아직도 아침 마당을 쓸고 계시나요

오로라마냥 모락모락 담배 연기에
가슴을 켜는 기침 소리
오늘도 자는 별 깨우고 계시나요

   겨울이 지나는 곳에서 한 생이 버티고 있다

그 모퉁이 담벼락

그 모퉁이 담벼락으로
아버지 어머니 상여가 나갔어

그 모퉁이 담벼락에
떠난 그림자 기다리며
살구나무가 바람에 울었어

그 모퉁이 담벼락
기왓골을 타고
낙숫물이 줄줄 흘러내렸어

그 모퉁이 담벼락에
산비둘기 내려와 앉던 날
아무도 부르지 않는 이름을
나는 끝자락에 새겼어

외로움은

깜깜한 골목에 밤이 왔다
우중충 세간을 떠다니던 먼지가 반지하의 냉장고 등을
타고 흐른다
몸속의 따뜻한 겨울을 지키기 위해 밤새 징징거리던
그가 밖으로 밀어내는 그 낮은 비명들이 식탁 다리를
타고 올라온다
놀란 형체가 겁에 질린 자라목처럼 이불 속에 쑥 사라
질 즈음 비로소 소리가 멈췄을 때 안에 것들이 썩기 시
작했다
골목엔 소름보다 더 시끄러운 정적이 얼어붙어 있다
숨죽인 호흡이 정글의 맹수처럼 엄숙하다
쉿, 빈 곳의 예리한 모서리가 소리를 잠재운다
그걸 알아 버린 목 안의 울음이 큰일이다
들키지 않으려고 삼켜지는 구멍에 뭉툭한 가시가 콱 박
힌다 어두운 창밖에 희미한 구름 한 덩이가 떠다닌다
좁은 골목에 반쪽이 묻힌 그림자는 세상에 전혀 관여하
지 않은 채

아지트,
아지트만 조금 빌려줄 뿐이다

빈 의자

흰 눈이 자취를 싹 지워 주고 있다
좀 있으면 봄이 함부로 따라와
그것들을 간수해 줄 것이다
맨발로 따라나서 나를 기억하라
소리 지르지는 않겠다
덮여 있던 나뭇잎이 먼저 떠나고
겨울비 뒤에 눈이 쌓이면
주변을 에워싸던 그림자도 사라질 것이다
자작나무 껍질 속에서 부르는
새의 노래에 눈물을 왈칵 쏟을지도 모른다
아무것도 아닌 것에 삼밭 같은 머리가 헝클어진 채로
얼굴은 어질러질 것이다
회초리 같은 바람이 빈 것을 가져가 버릴 때
말뚝처럼 굳어진 붉은 그림자가
기다리는 동안으로 다시 나타날 것이다

아들아! 더 늦기 전에
내 마음 조각으로 돌아오너라

맹산[*] 깊은 시골 마을
아들 군입대 삼 년 만에
면회를 갔다

남루한 군복 차림의 아들
아까시나무 우거진 길로
이슬비 맞으며 달려온다

덥석 품에 안긴 여위고 앙상한 어깨
두 손으로 더듬다가
나라에 바친 몸 이리돼도 되나 싶어
어디라도 물으려 고개를 들었다

골 안이 터지는 울부짖음
산울림 되어 돌아올 때
아무 일 없었던 듯
가느다란 목 헐렁이며
언덕으로 내려가는 아들

---

*   평안남도에 위치하고 있는 지역 명칭.

 겨울이 지나는 곳에서 한 생이 버티고 있다

아, 눈에 익힌 마지막 그 모습

아들아, 너를 부르는 소리
어디까지 들을 수 있니
바람 불고 나뭇잎 지면
손이 닳도록 성모상 앞에서
묵주 알을 넘긴다

흔적을 가린다고 흉터가 사라질까
선 채로 울어 보면 막힌 숨이 트일까
아들아, 늦기 전에 더 늦기 전에
내 마음 조각 안으로 돌아오너라

엄마가 가시던 날

새가 우는 하늘은 너무 멀리 있어요
바람은 마른 뼈처럼 하얗게 부서졌어요

그날 검은 숲이 노래를 불렀어요
그 숲은 바람을 불어와 나를 꽁꽁 묶었어요

소태같이 쓴 냄새가 숨을 쉴 수 없게 했어요
목구멍을 가로지르는 혀 밑으로
늑대의 하울링 같은 소리가
새벽 공기를 찢었어요

세상은 태연한데 맨드라미는
왜 붉은 피를 뚝뚝 떨구고 있을까요

마지막과 처음 사이를 오고 가는
엄마의 눈이 먼 곳을 향하고 있었어요

자정으로 가던 시계 초침이 멈췄어요
휘파람 소리가 잿빛 하늘에 울려 퍼져요

여윈 나무 그늘 사이로 엄마가 가고 있어요

 겨울이 지나는 곳에서 한 생이 버티고 있다

자화상 1

취하던 밤 향기에 책을 엎었다
빨간 구두에 엎질러지면
짧은 스커트 가장자리로
무릎을 감쌌다

새처럼 뛰는 붉은 심장을 꽉 잡고
기우는 달을
엄마 몰래 옷섶에 넣어 버렸다
나뒹구는 가랑잎에도
배꼽을 그려쥐었다

자화상 2

사라진 것을 쫓아
언 땅을 헤집었다

신의 얼굴이 된
곰팡이 낀 강냉이 한 알에
무릎을 꿇었다

맨드라미가
붉은 눈물을 흘리던 날
두부 한 모 찾던 엄마가
눈을 감았다

언젠가 읽던 책갈피에
울음을 적었다

깔깔거리던 낙엽에
살아남을 서약을 썼다

자화상 3

비린내가 박달령[*]을
따라오던 시절
나는 사십 대 어물장수였다
등짐 속 생선은
눈이 있어야 팔렸다

물건은 흥정되고
남은 건 겨우 반값
비닐봉지 속에 뒹굴던
젖은 지폐는
내 입술을 흔드는
유일한 미소였다

---

[*] 칠보산에 있는 바다와 육지를 연결하는 유일한 통로.

그 길이 끝자락이었소

끝자락을 기차 허리에
감던 날

검은 하늘에 눈이 내리고
우중충 앞산이 허리를 숙여
어깨 눈을 털어 주었소

한 치 앞에서 접동새가 울고
또 한 치 머뭇거리니
오 리 밖 철길 신호등이
거뭇한 그림자를 끌어당겼소

밤길이 떠미는 그곳에 가면
죽지 않고 살 수 있다오
죽이지 않고 살릴 수 있다오

어둠에 젖은 연가 산길을 울렸소
쌀을 등에 지러 떠난 길
고향이 등에 지우고 있었소
사연 모르는 기차만 울며 가고 있소

          겨울이 지나는 곳에서 한 생이 버티고 있다

백화의 시간

아버지 옛말이
사라지는 시간

스걱스걱 세월이
스쳐 가는 시간

마주 보는 눈이
하얀 찔레꽃을
피우는 시간

별과 달이
눈부시게 빚어낸
백화의 시간

바퀴

직선이 되고 싶은 것들은 모두 바퀴가 되었다
나는 바퀴를 잘 알고 있다
어제가 오늘을 메우며 지나가는 바퀴
굴러가기 위해 등을 스스로 밟아야 하는 바퀴

아버지는 소달구지 바퀴를 굴렸다
무게에 짓눌려 바퀴가 굴러가지 않을 때
아버지는 당신의 두 어깨를 멍에에 들이밀었다

어머니는 리어카 바퀴를 굴렸다
바퀴에서 핀이 빠져 흙 속에 사라지면
어머니는 긴 한숨을 수레에 걸어놓았다

토막 난 길을 따라 인연과 인연을 이어가듯
바퀴는 회전 속에서
그들의 감아온 길을 풀어서 내게 넘겨주었다

고무바퀴 넷이 달린 승용차로 맛집에 가면
여기 자주 오네 접때도 한번 왔지
생전 처음인 식당 홀에서 들리는 어머니 중얼거림

  겨울이 지나는 곳에서 한 생이 버티고 있다

기억들은 바퀴처럼 허공을 헛돈다

땅과 공간이 연결되는 곳에서
감겨온 길들이 하늘에 둥근 탑을 세운다
어머니의 굽은 등이 바퀴를 닮아갈 때
나는 자동차의 네 바퀴를
한 번에 한 손으로 멋을 공들여 휙휙 돌린다

갈림길

잠시 두 길 앞에 서 있습니다
좌우뿐인 두 갈래 길이 서로가 나를 끌어당깁니다 한쪽
은 바다로 내려가는 기찻길이고
한쪽은 산으로 올라가는 비행기가 있습니다
깊이를 모르는 기차가 바다로 가는 것도 의심쩍고 높
이를 모르는 비행기가 산으로 가는 것도 두렵습니다
밤바다에 내리면 택시가 있을지도 걱정이고 아침 산
에 가면 꽃들이 지쳐 있는 모습을 보기도 가엾을 것
같습니다
걸음을 삼킬 수도 없고 솔나무 옹이박이에 흰 수건으로
기약 없는 약속을 할 수도 없습니다
어디선가 바람이 불어옵니다
한 줌 남은 좋은 기억이라도 있다면 옷섶에 넣을걸 하고
생각합니다 메아리도 돌아올 수 없는 먼 길을 나는 꼭
가야 합니다
가다가다 바다와 산이 만날지는 어찌 압니까
해가 중천에 떠 있습니다
어느 길이든 이제는 가야겠습니다
그곳에 가면 살갗이 아프도록 품에 꼭 껴안고 싶은 사람
이 나를 기다리고 있습니다

3부

어떤 기다림

가시

찔려야 피어날 수 있어서
제 살을 베어 무는가
꽃잎이 물컹한 울음을 터뜨리는 게

바람 소리가 날을 세우니
더 붉어지는 모양이
곧 불더미에 박힐 채비를 하려나 보다

볕이 쏟아지는 날
향기가 날리는 허공을 보다
부서진 은판 속에 숨어드는 가시야

오늘 밤 뾰족한 네 영혼이
뒤편으로 사라질 때

나 보고 싶어 담벼락 넘어오는
장미꽃 한 송이에
손바닥 흉터 보여 주련다

사모

너도 언젠가 보았지
바다가 토해 낸 거품을

그리고 들었지
뒤편에 얹혀 오는 그 목소리를

해풍에 붉은 입술이 실려 오면
사라진 그림자를 따라갔지

파도에 찢어진 속울음을
실어 보내던 날
내려앉은 달빛에 구름이 베어졌지

비우지 못한 마음 조각으로
수평선을 긁어 왔지
손톱으로 모래 불에

오랫동안 너의 이름을 새겼지

고래 이야기

고래가 별이 보고 싶어
바다 위로 넙죽 솟아오른 날
고래의 어진 눈이 나를 보고 있었죠

수평선에 그림자를 지우는 숨소리가
거센 파도를 일렁이고
날개를 한 번씩 접어 피어난
희뿌연 모래 꽃은 흔적도 없이 흩어졌죠

나는 그대로 바위처럼 굳어져
고래의 흰 젖 줄기 같은 바다를
뒤집어쓰고 싶었죠

기다리던 고래를
기다리지 않기로 한 것도 이젠 꽤 됐고
그때 그리움이
지금도 그리워지는 날이 되었죠

함께 지었던 모래집도 날아가고
바다가 아닌 하늘 끝에서
고래가 뿜어 올린 갈기 같은 분수가

안개가 되어 무지개를 낳을 적에

고래는 다시 돌아올까요
내가 고래에게 다시 돌아가 볼까요

봄의 방정식

푸른 잎새 연분홍이 뒤섞인
구불구불 밀회의 숲속에서
꽃샘바람이 매화나무 흔드는 소리에

화들짝 빈 머리 움켜잡는 건
버들강아지뿐 아니에요

사과나무 우듬지에 백화가 맺혀요
해가 능금처럼 마당을 익혀요
개나리가 언덕을 넘어
하늘에 닿을 듯 줄지어 가요

노란 주둥이 새끼 제비들이
어미를 쪼아 대다 방금 잠이 들었네요

생풀 비린 내음이 코를 찌르니
밭이랑을 타고 온 엉큼한 아지랑이
터질 듯 붉은 심장에 부채질해 대요

봄이 첫사랑 입술을 깨물고 있어요
사라진 달이 매화 한 송이 물고 왔어요

달의 전설

달이, 보름달이 탯줄을 끊었어

감나무에 감겨 기웃거리고 있어
벽을 타는 품새가 석연치 않아
봐 천장에 금방 흰 물결을 쏟고 있잖아

벙어리 부엉이가 낮게 울음을 터뜨렸어
멀리 산간마을 보리수 밑에서
누렁이가 털을 세워 짖고 있어

달을 본 바람이 사라졌어
방금 숲에서 나온 아이들이
길게 늘어진 풀잎과 꽃을 뒤집어쓰고
꼴레리 꼴레리

그림자를 본 것 같아
내가 쓴 편지도 읽어 본 것 같아
우리가 달항아리에 들어가는 걸 본 것 같아

달이 감춰 준 줄 알았어
하얀 밤이 모두 알고 있는 줄 정말 몰랐어

사랑 에세이

잃어버린 것이 있어요
그것이 내게로 다시 올 줄
꿈에도 몰랐어요

민들레 홀씨가 바람 타고
춤을 추는 줄 알았어요
저물녘 강물이 어둠이 무서워
우는 소린 줄 알았어요

내 눈이 막혀
다시는 못 볼 줄 알았어요
내 귀가 잘려
다시는 못 들을 줄 알았어요

비밀의 문이 있다는 걸
왜 이제야 알았을까요
숨 쉬는 맥박이
미로를 더듬으며
다시 돌아올 수 있다는 것을
왜 이제야 알았을까요

 겨울이 지나는 곳에서 한 생이 버티고 있다

하얀 종이를 펼치고 그림을 그려요
서로의 심장을 그려요
아직도 식지 않은 심장은
푸른 벌판에서 펄쩍펄쩍 뛰어요

그것이 고래 심줄처럼 질긴
그리움의 에세이였다는 것을
바람이 불어와 꽃을 피울 때에
처음으로 알았어요

기다림이 약속에 반비례할 때

태초에 약속이라는 것이 있었던가
유리창을 쏘는 광선이 옅은 먼지를 흘리는 곳에서 기다
림에 지친 발자국이 낮은 밤하늘을 서늘히 비춘다
신열에 시달리던 등짝 위로 희멀건 천정이 내려앉던 날
한겨울 살갗을 쥐어뜯는 바람이 귓속을 빙빙 돌다 영혼
처럼 사라진다
돌아가지 못한 길녘이 겨울 동백잎이 푸르러지자
기다림이 약속에 반비례한다는 사실을 폐 속으로 쑥 밀
어 넣는다
처마 끝에 매달린 고드름이 피아노 흰 건반을 두드리듯
음색을 짙게 낸다
겨울을 버리고 따라온 볕이 꽃부리를 노랗게 만든다
몸의 어딘가를 찌르던 조각이 허울을 벗은 뱀처럼 똬
리를 틀고 저만치 물러나 있다
기다림과 약속의 기준이 어설프게 엇갈린다
잊어버릴 수가 없던 것들이 한 번씩 왔다 떠나지 않는다
기다림에 지친 약속의 희멀건 조각이
다시 섬광처럼 번뜩이는 밤이 오면
나는 먼 하늘에 짙은 그림자를 얹어 놓는다

 겨울이 지나는 곳에서 한 생이 버티고 있다

매미

수천 날을
땅속에서 버텼다

벗은 허울은
감추지 않았다

절정의 울음은
여름밤을 달군다

푸른 나무 멍들자
매미는 사랑을 한다

밥상이 부르는 노래

기다리다 지친 당신이 하는 노래를
따라서 불러요
둥글고 넓은 무대에서
올 것 같지 않던 아침에 기대어
신열에 떠서 나는 노래를 불러요

노래가 끝나고 침묵이 계속되어도
사라진 꽃들을 찾을 길 없어요
꽃을 피울 줄 모르는 사람들이
잎을 따 먹으면서 노래를 따라 해요

쥔 것은 없어요 빈손은 있어요
파란 마법에 걸려 죽은 고등어
그 뼈가 내 다리를 주무르네요

포크 소리 요란한 빈 접시 위에서
갈매기 발톱이 해풍에 그을리는
냄새가 모서리에 풍겨요

나는 기억의 노래를 뿌려요
누런 하늘에서 달이 피를 토하던 날

입을 열어 주던 씀바귀의 쓴 노래를

언젠가는 당신 손을 잡을지도 몰라요
떠돌던 우리가 낯선 구름 밑에서
행성처럼 만나면
선물처럼 당신을 어루만져 줄 거예요

구름 속의 별이 나를 반길지는 아무도 몰라요

붉은 장미 곱게 엮어 드리옵니다

마당가에 외로이 피어 있는
장미꽃이 내 볼을 스칩니다
억지로 들여다보는 마음 한 조각이
꽃잎 하나 울게 합니다

보리수 열매 가득 달리던 날
무궁화나무에 칭칭 감겨 입술을 푼
장미꽃 하나를 엄마는 내게 주었습니다

엄마가 어제도 오늘도 꺾어 준 장미꽃은
금방 다발이 되었습니다
엄마의 흰 옥당목 저고리에
붉은 장미가 노을처럼 물들어 갑니다

엄마는 하늘에 장미 씨앗을 한 움큼 뿌렸습니다
붉은 축제가 마당에서 열렸습니다
하늘을 뒤덮은 장미꽃이
하얀 안개에 휘감겨 수줍은 고백을 합니다

장미꽃이 쏟아지던 거리에서
엄마는 그림자를 남긴 채 사라졌습니다

장미꽃 다발은 점점 시들어 가고 밤의 산에서
슬피 울던 소쩍새는
부러진 목을 안고 낮은 추녀로 기어듭니다

하늘에 뿌린 엄마의 장미 씨앗이
살갗이 아프게 유리 비가 되어 내립니다
바람에 허리 풀린 붉은 장미꽃을
이 밤 곱게 엮어 엄마에게 드리옵니다

내 탓이오

추워도 내 탓이오
배고파도 내 탓이오

순종은 미덕이오
억울함은 운명이오

개가 권리를 선언한들
누구를 탓할까

잊어야만 쉬운 세상
태어난 것도
다 내 탓이오

어떤 기다림

늦가을 여윈 가지에
대롱대롱 남아 있는
빨간 사과 한 알

사나운 부리 하나가
쪼아 대는 살갗이 아프다

새벽이슬 뒤
서걱서걱 낙엽 밑으로
서러운 몸 지우다

돌아올 수 없는
먼 곳을 껴안고 싶어

안녕을 비는 달빛에
건너편 시간을 쪼개 본다

홀씨의 부탁

바람이 등을 떠민다
흩어지지 말자

살구꽃 피는 언덕
매미 울던 작은 집
뒤 뜰 한켠

두고 온 그 자리로
우리
기어이 함께 가야 한다

등불

한 평 방 안에서 가물대는
등불을 본 적 있어

문풍지를 밀고 온
짓궂은 바람에
실낱같은 빛이 전부라
애원하는 걸 본 적이 있어

끊어질 듯 입김에 실연기가
숨을 고르던 걸 본 적 있어

저 침묵이 빛의 전부였다니

바닥에 가물거리는 흔들림이
빛의 불씨였다니

굳은 바람 사이를 지나
차가운 벽의 문이 열리면

야무지게 흔들리는 그 불씨가
내 심장을 살릴 수 있다니

그때쯤이면

당신을 잃어버리기 싫다면
바다여 나는 우주 가장 가까운 곳에
당신을 박아 놓을 거야

하늘의 민낯이 두려워
생각지 못한 문장들이 있다면

뜨거운 해변에서 축제를 열 거야
파도가 쓸어 간 모래 불에
지워지지 않을 무늬를 새길 거야

파도가 숨긴 고래의 머리카락이 보이면
화산으로 끓는 천지에 붓을 담글 거야
떠나간 그림자에 맞추어
문장을 오려 넣을 거야

그대가 잠들 때쯤이면 어쩌다
잃어버린 이름 잃어버린 사랑
앞면과 뒷면 한 장씩 찾아서
푸른 파도에 일색을 맞춰 따라서 보낼 거야

 겨울이 지나는 곳에서 한 생이 버티고 있다

동지 열흘날 하늘이 사라지면
네 물결을 찾아 노래를 부를 거야

바람을 따라 달이 자꾸 흘러가면
은색으로 반짝이는 명사로 너를 훔칠 거야

깊이를 알 수 없는 너의 무릎에
가슴이 잠기도록 빠져 볼지도 몰라

양파의 생

밤 깊은 시간 송곳처럼 공중으로 뻗은 잎새를 보며 양파
의 생을 돌이켜 본다

양파는 여자다

하얀 성에꽃 피는 새벽
몰래 옆 그림자를 꿈꾸던
얼굴이 달 같은 여자

성질이 포악한 여자
겨울을 녹이는 여자
태양을 훔치는 여자
밤을 길게 죽이는 여자

창살에 갇혀서
흙이 없어도
물이 없어도
살 수 있다는 여자

남의 눈물은 쏙 빼 주다가도
까고 까고 또 까도

 겨울이 지나는 곳에서 한 생이 버티고 있다

비밀만은 지키는 여자

바람을 길들여 볕을 빨고
가슴을 조각조각 물어뜯다가도
벌떡 일어나 심지를 키우는 여자

둥근 지구를 깎으면
얼마나 아플까
해가 사라진 차가운 베란다 구석에서
남을 걱정하는 여자

붉은 망에 숨도 쉬지 못하게 꽉 박아 넣은 그것들은 죽
기 살기로 항쟁을 하고 있다

까고 까고 또 까도 속을 뒤집지 않는 이유는 내일을 위
한 그들만의 가장 악질적인 반란일 것이다

무서리에 꽃망울

간밤에 내린
무서리에
질려 있는 들국화

채 다 피지 못한
꽃망울도 있더라

하얗게 무너진
꽃잎 상흔이

바라보는
님의 마음 헤집어

꽃의 부피를
손에 안아 주었다

무서리 꼬깃꼬깃
가슴에 접어 넣었다

겨울이 지나는 곳에서 한 생이 버티고 있다

4부

겨울나무

어둠의 소리

풀물에 깊게 밴 바람 속
벌레들의 울음 속에
발이 푹푹 빠지는 어둠에서

쫓기듯 어우러지는 밤이
한 세계를
연주하고 있는 것 같아

빨간 보리수 열매가
떨고 있는 마당에서
플라타너스 이파리가
춤을 추고 있는 것 같아

잠 속에 들던 걸음이
쌓이는 옅은 교향곡에
숨을 죽이고 있는 것 같아

높고 낮은 음표가
스치면 사라질 것 같아
어디에 소리를 감춰야 할지
모르겠어

 겨울이 지나는 곳에서 한 생이 버티고 있다

어둠이 오는 소리가
더 크게 들리고 있어

하얀 밤이 나를 춤추게 하고 있어

살다 보면

요지경 세상
뜻대로 굴러갈 것 같다가도
한순간 뒤집히는 놀이판

잡았다 하면
빠져나가는 모래알
믿었다 하면 되돌아오는 비수

약속은 바람 따라 흩어지고
정의는 먼지로 짓밟히며
거짓은 태연히 웃고 있지

발버둥 칠수록 늪은 깊어지고
소리쳐도 허공만 대답할 뿐

그래도 살아야지
발로 차고 다시 일어서야지

살다 보면 살아지는 날이 오겠지

겨울이 지나는 곳에서 한 생이 버티고 있다

내가 나에게

핫팩 하나 가슴에
깊숙이 밀어 넣었다

텅 비었던 그곳에
꽃이 피었다

겨울밤 어혈에 휘감겼던
방창 성에도
함께 꽃이 되었다

너머 달에
빛이 무르익고 있다

겨울나무

바람을 거둬 안은 그물 같은 나무가
끝나지 않는 동토에 박혀
뿌리 깊이에서 흐르는
물의 소리에 귀를 기울인다

더는 감출 것도 꾸밀 것도 없다
잃고도 떠나지 않는다
버티는 것 말고는 할 수 있는 게 없다

겨울이 지나는 곳에서
한 생이 버티고 있다

 겨울이 지나는 곳에서 한 생이 버티고 있다

둥글둥글 세상 바라기

파도는 자갈과 입을 맞추러
그 먼 길을 온다

비릿한 냄새를 품은 입술이
자갈을 흔들어 깨우고는
한 번의 입맞춤에 떨어진 조각을 안고
유유히 먼 데로 다시 간다

가까이 올수록 높게 되는 몸
부서져야만 돌아가는 몸
어제를 지운 한 번의 키스에
백 년 뒤 남아 있을 모래집

여기까지 오는 길이 사나웠다고
변명하지 않는다
천 마일이면 어떠하랴
모난 세상이 둥글어만 진다면

서서 올 거다 앉아서 올 거다
누워서라도 올 거다
파도는 할 수 있는 거 다 해 볼 거다

여생

버려진 구두 한 짝 유독 왼쪽 뒷굽이 닳았다

기울어진 구두가 그려내는 그 사람의 발걸음은
오리걸음이었을까 가재걸음이었을까
엑스자 걸음이었을까

비탈진 언덕길을 걸었을까
강기슭 자갈밭을 허볐을까

신발 밑창에 구멍이 숭숭 뚫린 것이
며칠 낮 며칠 밤을 푹 고아
뽀얀 국물은 다 퍼마신 뒤
시궁창에 버린 짐승의 뼈를 닮았다

해골처럼 움푹 팬 왼쪽 모서리를 향해
삼월의 죽은 나무에서
열매를 본 일이 있냐고 묻고 싶다
바닥이 마모되어 갈 무렵
비루한 세월을 원망한 적이 있냐고 묻고 싶다

땅의 중력에 무작정 끌려

 겨울이 지나는 곳에서 한 생이 버티고 있다

한 번씩 꿈틀거리는 욕망에
어제를 놓친 오늘이 후회스러웠냐고 묻고 싶다

앞뒤가 부르트도록
왼쪽 뒷굽이 없어지도록 끌고 온 길
사라지지 않을 무한대의 길은 끝났다

쓰레기장 구석에 뒹구는 구두 한 짝
볕이 좋은 곳에 데려다 놓는다
텅 빈 가슴에 붉은 황토를 가득 채워준다
구멍 난 상처마다 채송화 실뿌리를 심어준다

이제 구두의 여생은
깊은 여운을 감은 화원의 저녁노을이 될 것이다

도라산역

돌아서야만 해서 도라산역인가
돌아설 수 없어서 도라산역인가
더 이상 달릴 수 없어 녹이 슬어 버린
두 줄기 레일 위에 움직여지지 않는 발길을
들어서 돌리는 도라산역

북으로 가는 첫 번째 열차는
아직도 평양을 향해 떠나지 못하고
끊어진 철길 끝에 서서 바라만 보니
새처럼 훨훨 창공을 날아가고 싶은 마음

어머니 부르면
멀지 않은 곳에서 어머니 달려올 듯
아들아 두 손 흔들면
바람처럼 엄마 품에 내 아들이 안길 듯

나무의 나이테처럼 깊이 팬 그리움이
슬피 우는 접동새 안고
뜬눈으로 지새우던 밤들

아파서 운다 그리워 운다

북으로 가는 첫 열차 예매가 시작되면
맨 먼저 기차표 끊으리라
서러운 그림자 하나를 개표구에 세워 두고
오늘도 발길을 돌려야 하는 도라산역

뾰족하고 비뚤어진 말

비도 아니고 눈도 아닌
구질구질한 그 무엇이
진득한 채로 창문에 들러붙는 밤
무언가가 걷잡을 수 없이
미궁으로 빠진다

입에서 뿜어져 나와 허공에 날아
입술 끝에서 날을 세운
말의 매듭이 풀리지 않는다

구불구불 휘감기는 혀가
되돌릴 수 없는 허울에 감겨
바람을 빨아들이는 순간

구겨지고 방자한 저 입에
벽의 구멍은 점점 더 자란다
낮 동안 뿌려진 말씨들이
긴 낙서로 흔들릴 때

각진 모서리들을 앞세워
나는 이 밤에도 문단속을 한다

 겨울이 지나는 곳에서 한 생이 버티고 있다

괜찮다

가슴이 답답할 땐
울어도 괜찮아요

너무 멀리 갈
생각은 말아요

가다가 힘들면
쉬어 가도 괜찮아요

인생은 어차피
연습이니까요

여백

하늘이 왜 비어 있는지 몰라

낮달을 등에 업은 바람에 물을까
구름에 둘러싸인 산자락에 물을까
새 깃털이 흩어지는 공터에 물을까

아무도 모른다면
그것은 그리움일까 기다림일까

앞뒤도 없이 펼쳐진 푸른 허공이
저리도 찬란히 비어 있다면
나는 붓을 들 거야
넘실거리는 파도부터 그려 넣을 거야

거칠게 도드라지는 어둠을 밀고
햇살이 산란하면
피어서 더 붉은 장미를 그려 넣을 거야

어느 때 밟고 간 당신의 붉은 발톱
화인 같은 한낮의 그림자도
닿을 듯 말 듯 그려 넣을 거야

 겨울이 지나는 곳에서 한 생이 버티고 있다

채워져 숭고해진 그것을 밟고
무리 지은 참새 떼의 소란한 울음에
날개를 달아 줄 거야

채워져 가득해진 그것을 밟고
조여 오는 빛에 무지개를 걸어
사람과 사람이 만나는 그곳으로
걸어서 갈 거야

연륜에 대하여

양수리 두 강줄기 사이
느티나무 한 그루
아직도 가지에 싱싱한 잎새

우툴두툴 한이 많은 껍질에는
해묵은 주름들이 확실하고
거북이같이 젖은 등은
세월 따라 줄기를 엮는다

오백 년 그 세월
머리끝에서 까치 늙어 죽는 모양 세어 가며
기막힌 일들도 수없이 보았으리

쉽게 산 세상 어디에 있어
가슴은 오가는 바람에 패서 비고
볼 꼴 못 볼 꼴 다 굽어본 허리
발밑에는 유언장만 수북하더라

이제 남았다면
두물머리 두 강이 서로 만나
주절대며 흐르는 소리

 겨울이 지나는 곳에서 한 생이 버티고 있다

밤을 새워서라도 엿들으며
남은 세상사 평온하기를 비는
비밀의 고해성사뿐이리

안부

밥은 먹고 다니냐
당신 그 말 한마디에
창가에 낀 뿌연 성에
그 얇은 막이 조금씩 녹고 있음을
당신은 아는 걸까요

오늘도 파이팅
당신이 보낸 아침 편지에
창문을 휘감은 뿌연 안개
그 얇은 흐름이 조용히 흩어짐을
당신은 아는 걸까요

사치인 것 같아서
혀끝을 감싸고 돌아서
다시 삼킨 말들이 있어요

괜찮냐는 물음에 말문이 막혀
입에서 자라지 못하는 말

당신 덕분에
나는 나를 매일 안아 줍니다

 겨울이 지나는 곳에서 한 생이 버티고 있다

정체성과 어색함

"고뿌에 꼴 똑 담아 주오 수태 많이요[*]"
카페 알바생 눈망울이 사슴처럼 끔뻑인다
반가워요 북한 어디서 왔어요
달려가 묻고 싶은 충동에 손에 들린 커피잔이 바르르
떨린다
큰소리 아줌마 눈이 덜컥 얼굴에 와 닿는다
일면식도 없는 그러나 분명히 북한에서 왔을 아줌마가
찡긋 윙크를 한다
어머, 나 알아본 건가, 붉어진 얼굴이 사방을 둘러본다
사람들이 내가 아닌 저들끼리 실실 웃고 있다
뜨거운 커피잔이 연속으로 내 입술에 들러붙는다
숨차게 들이켜는 소리가 마치 엉겅퀴에 찔린 엉덩이
처럼 다급하다
담장을 넘으려는 고양이 숨소리가 들린다
어릴 때 잠 트집하던 때같이 기분이 묘하다
잔에 남은 마지막 갈색 한 방울에
아줌마 큰 목소리가 매달려 떨어지질 않는다
여인의 눈길이 내 등에서 멀어지고 있다

---

[*] 컵에 가득 담아 주세요. 함경남도 사투리

바코드의 성가

도시 한복판에 피아노가 있다

사람들이 범람하는 유리 벽 속에
큰 심장을 가진 나무숲 속에
서늘한 공기를 마시는 허공 속에

흔들거리며 성에를 일구는 냉장고 숲에서
유통기한이 임박인 고독이 끌려오면

나는 잠에서 깬 미라의 보폭으로
낯선 광장 쪽으로 왈츠를 추면서 간다
뚜껑이 없는 상자에서 나온 물체는
물고기였고 날짐승이었고 붉은 나뭇잎 몇 장

보잘것없는 것에 숫자가 할퀸다
화석으로 변해 버린 여자의 복부에서
환생하듯 침묵으로 뽑아내는 혓바닥이
심한 통증을 느낀다

도시 한복판에서 피아노가 바코드를 연주하고 있다

　　　겨울이 지나는 곳에서 한 생이 버티고 있다

터널의 법칙

들어 봤어요
입구는 하마 입처럼 크고
출구는 동전만 하대요

천년째 떨어지는 땀방울에
눈 귀가 커지면
낮게 울리는 허밍에도 깜짝 놀란대요

바퀴의 금속 박동으로
굉음이 울리면
바람이 무서워 울음을 터뜨린대요

입구로 빨려든 몸이
저승에서 이승으로 가듯
비밀의 문으로 달려가는 동안
접힌 종이처럼 숨이 답답하대요

바깥세상은 어떨까요
젖은 옷깃을 말리는
바람 한 점 마중해 있을까요
텅 비지 않은 세상이 마중해 있을까요

열려라 참깨

감춰진 철문 앞에 마주 섰지

귀는 사막처럼 마르고
눈은 하늘을 볼 수가 없지

즐겁지 않은 노래는
공터에서 뒹굴고

혀가 외울 수 없는
사라진 평화

익어 가는 손끝에
장벽이 무너지면

굳게 닫힌 문은
열릴 수 있을까

주문을 외우지 않아도
자물쇠는 풀릴까

비상

위험한 자유를 향해
허공을 박차
적막을 가른다

부리를 치켜
바람에 저항하니

맹수의 발톱이
뱃속으로 들어간다

푸른 송곳니가
기류를 가른다

그 메마른 발톱이
낮달에 걸린
쇠사슬을 끊어 버린다

입춘

들리나요
저 흥겨운 노랫가락이

흙을 뛰쳐나온
개구리들이
발 구르며 부르는
떼창 소리를

겨울을 벗어난
자연의 잉태 소리
생의 교향곡을

매화꽃 가지들이
달을 마주하며
외치는 봄의 입성 곡을

겨울이 지나는 곳에서 한 생이 버티고 있다

김희숙 시집
『겨울이 지나는 곳에서 한 생이 버티고 있다』

위영금 (북한학 박사, 시인)

1. 사과꽃, 그 찬란한 흉터에 대하여

김희숙 시인은 북한이탈주민이다. 나는 시인을 2024
년 7월 용인에서 〈작가와의 만남〉 행사를 통해 알게 되
었다. 시인은 처음에 시 쓰는 것을 쑥스럽다고 했다.
그러면서도 시 쓰기와 글쓰기에 대해 물었다. 그리고
시를 쓰기 시작했다. 시인은 누구보다 강하고 복잡한
자신의 삶을 시라는 이름으로 호명했다. 시를 쓰면서
뒤엉킨 운명의 질문으로 얼어붙은 마음을 녹이기 시작
했다.

그 봄 그 강에서/내가 그대를 위해/낡은 노래 부를 수
있을까//그 봄날 그 강가에서/두고 온 기억을 위해/
다시 그 이름 찾을 수 있을까//멀어진 저 켠 삐죽한

산이/이별을 길어 올리길/두려워하던 날//강이 다시
는 날 품지 않겠노라/맹세하는 소리//시린 발을 땅에
박고/나는 듣고 있었다

「이별하는 두만강」 전문

이 시집의 문을 여는 것은 '바람'과 '이별하는 두만강'
이다. 바람 서린 언덕에 시인은 그림자로 서 있다. 그것
은 미래에 대한 환상도 아니며 이별을 감지한 실존자의
떨리는 고백이다. 산천에 떠밀리고 바람에 떠밀리면서
가야 한다면 기어이 가야 하는 미지의 세계이다. 그리
고 이별하는 장소 두만강은 겨울, 시린 땅이다. 시인은
본 적도 없는 강을 건너야 했던 그곳에서 돌아갈 수 없
는 길 위에 마지막 발자국을 찍는다. 겨울은 시인에게
단순한 계절이 아닌 생을 송두리째 흔드는 거대한 운명
의 시발점이 된다.

하얀 꽃이 눈을 가리던/사월의 그 봄날은//뒤돌아 다
시 본 고향이/옷깃을 잡던 마지막 길//사과꽃이 어깨
에/울며 내려앉던 날이었다

「사과꽃 떨어지던 날」 중에서

부르다 멀어진 이름이/바람결에 흩어지고//떠난 자리
그 항구/핏빛 파도 위로 눈이 내린다//아버지와 딸의

　　　　겨울이 지나는 곳에서 한 생이 버티고 있다

어깨 위에/다른 겨울이 내린다

「흥남항」 중에서

　시인의 고향은 함경남도 북청이다. 북청은 사과가 많은 곳이다. 하얀 사과꽃은 눈송이처럼 시인의 마음에 내린다. 겨울이 지나는 곳에 송이버섯 향기가 코를 찌르는 아름다운 칠보산 자랑도 있지만, 차가운 흥남항도 있다. 시인은 함흥수리대학을 다니면서 흥남항의 모습을 기억하고 있다. 흥남항은 핏빛 파도로 물들어 있다. 그 위로 사과꽃 같은 눈이 내린다. 이별이 너무 아파, 아버지와 딸의 어깨에 다른 눈이 내리고 있다.

　시인은 시를 쓰면서 '자유'의 가치를 놓지 않는다. 「자유를 말하다」에서 고백하듯, 그것은 '두만강 물살에 자식의 손을 놓쳐 버린 여인의 통곡'과 맞바꾼 것이며 '청산가리를 품에 안고 달려야 했던' 절박함의 결과물이기 때문이다. 시인에게 자유는 화려한 수사가 아니라, 고향의 언덕으로 죽으나 사나 짊어지고 가야 할 영혼의 뿌리인 것이다.

2. '뿌리 잃은 존재'가 바람을 견디는 이유

　2부 '엄마는 왜 울까'에서 드러나듯, 시인을 버티게 하는 '뿌리'는 곧 가족이자 어머니이고 두고 온 아들이다.
서문에 있는 '겨울나무가 매서운 바람을 견디는 것은 언
땅에 박힌 뿌리와의 약속 때문이다'라는 글은 이 시집의
전체를 지탱하는 척추이다.

> 너무 멀리 흘러와 있어서/만질 수 없는 어머니//당신
> 이 내게 준 선물은/심장에 깊이 박혀 뽑히지 않는/사
> 랑 못 하나입니다
>
> 「사랑 못」 중에서

심장에 깊이 박혀 뽑히지 않는 사랑 못 하나를 안고
살아가는 시인에게, 버틴다는 것은 곧 그 사랑의 약속
을 이행하는 과정이다. '나를 지켜 온 울타리'였던 부모
님의 손마디와 그들의 곡성을 시적 언어로 치환해 내는
과정은, 시인 스스로가 한 그루 '겨울나무'가 되어 지상
에서의 책임을 다하겠다는 숭고한 선언으로 읽힌다.

> 곱사등이처럼 굽은 등/억새같이 세어 버린 머리에/사
> 과 꽃잎이 내려앉습니다//아버지 하얀 기침 소리에/
> 아침이 깨어납니다/천지의 봄이 흘러갑니다
>
> 「아버지의 봄」 중에서

아버지/아직도 고향집 사립문을/열어 두고 계시나요

겨울이 지나는 곳에서 한 생이 버티고 있다

… 아버지/아직도 동구 밖 오리나무 밑에서/딸을 기
다리며 서 계시나요

「아버지」 중에서

시인에게 아버지는 스스로를 태워 봄을 부르는 등불
과 같은 존재이다. 아버지의 기침 소리에 따라 계절은
흐른다. 봄의 전령사와 같은 사과 꽃잎이 내린다. 시인
은 아버지의 굽은 등 위로 사과 꽃잎을 내려놓음으로
써, 비루한 현실의 고통을 거룩한 제단으로 승화시킨
다. 아버지의 '하얀 기침'은 세상의 아침을 깨우는 소리
이며, 그 소리를 시작으로 '천지의 봄'은 비로소 흐르기
시작한다. 또한 아버지는 영원히 닫지 못하는 '사립문'
이다. 시인이 던지는 '계시나요'라는 질문은 응답받을
수 없기에 더욱 처절하며, 이 물음표는 그대로 시인의
심장에 박힌 '사랑 못'이 되어 지울 수 없는 흉터를 남
긴다.

아, 눈에 익힌 마지막 그 모습

아들아, 너를 부르는 소리/어디까지 들을 수 있니/바
람 불고 나뭇잎 지면/손이 닳도록 성모상 앞에서/묵
주 알을 넘긴다//흔적을 가린다고 흉터가 사라질까/
선 채로 울어 보면 막힌 숨이 트일까/아들아, 늦기 전

에 더 늦기 전에/내 마음 조각 안으로 돌아오너라

「아들아! 더 늦기 전에 내 마음 조각으로

돌아오너라」 중에서

시인은 하나밖에 없는 아들을 군에 보내고 삼 년 만
에 아들이 있는 맹산을 찾았다. 목이 헐렁하고 여윈 아
들은 이전의 아들이 아니었다. 시인은 국가를 향해 묻
고 싶은 억울함과 슬픔, 지금도 눈에 밟히는 마지막 모
습으로 통증을 느낀다. 흔적을 가린다고 가려지지 않는
흉터에서 시인은 더 늦기 전에 내 마음 조각 안으로 돌
아오라고 절규한다. 어쩌면 뿌리 잃은 존재가 마지막
남은 한 줄기 희망으로 부르는 절규이며, 저편 넘어 만
날 수 없는 뿌리와의 약속인지도 모른다.

3. 봄의 방정식: 통증으로 피워 낸 미학

3부 '어떤 기다림'에 이르면 시인의 언어는 극도로 감
각적이고 탐미적으로 변모한다. 이 시집은 고통의 기록
에만 머물지 않는다.

사과나무 우듬지에 백화가 맺혀요/해가 능금처럼 마
당을 익혀요/개나리가 언덕을 넘어/하늘에 닿을 듯

     겨울이 지나는 곳에서 한 생이 버티고 있다

줄지어 가요 … 봄이 첫사랑 입술을 깨물고 있어요/사
라진 달이 매화 한 송이 물고 왔어요

「봄의 방정식」 중에서

마침내 맞이한 생명력 넘치는 봄의 환희를 관능적이
면서도 섬세한 문장으로 풀어낸다. 시인이 정의한 봄의
'방정식'은 단순히 계절의 변화가 아니라, 온 감각이 깨
어나는 심리적 부활에 가깝다. 추운 겨울이 지나고 사
과나무에 꽃이 피고 있다. 봄을 맞이하는 첫사랑은 입
술을 깨물 정도의 치열한 통증을 통과해야만 도달할 수
있는 '역동적인 생명력'이라고 할 수 있다.

늦가을 여윈 가지에/대롱대롱 남아 있는/빨간 사과
한 알//사나운 부리 하나가/쪼아 대는 살갗이 아프
다//새벽이슬 뒤/서걱서걱 낙엽 밑으로/서러운 몸 지
우다//돌아올 수 없는/먼 곳을 껴안고 싶어//안녕을
비는 달빛에/건너편 시간을 쪼개 본다

「어떤 기다림」 전문

이 시는 '상실한 고향'과 '멈춰 버린 시간'에 대한 저자
의 시선이 날카롭게 빛나는 대목이다. 건너편 시간은
떠나온 고향이기도 하지만 동시에 잊힌 추억이다. 시인
은 어떤 그리움으로 현재 돌아갈 수 없지만, 돌아올 수

있는 먼 곳으로 멈춰진 추억과 시간을 쪼개고 있다. 시
인의 몸은 비록 떨어져 있어도 고향과 부모님과 연결되
어 있음을 확인한다. 이러한 문장은 시집의 곳곳에서
찾을 수 있다.

겨울을 벗어난/자연의 잉태 소리/생의 교향곡을//매

화꽃 가지들이/달을 마주하며/외치는 봄의 입성 곡을

「입춘」 중에서

시인은 시를 쓰면서 고통의 긴 겨울을 지나 봄을 마주
하고 있다. 아직 꽃이 활짝 피기 전, 땅 밑과 가지 끝에
서 꿈틀거리며 피어날 준비를 하는 자연의 기운을 생의
교향곡으로 감각한다. 이는 시인이 오랜 인고의 시간을
견디고 얻어 낸 희망의 메시지이다. 상실된 마음에서
희망을 길어 올린 가장 아름다운 노래다.

4. 겨울이 지나는 곳에서 한 생이 버티고 있다

4부 '겨울나무'에서 시인은 현재의 삶을 응시한다. 아
무것도 가진 것 없이 찬 바람을 온몸으로 받아 내며 뿌
리 밑의 물소리를 듣는 그 '정지된 시간'이 사실은 가장
뜨거운 생명의 시간임을 말한다. 시인은 '생존'이라는

     겨울이 지나는 곳에서 한 생이 버티고 있다

근원적인 고통과 마주하며 그 안에서 발견한 존엄성을
노래하고 있다. 잃고도 떠나지 않으며 버티는 것 말고
는 할 수 있는 게 없다는 시인의 삶이 응축되어 있다.

> 바람을 거둬 안은 그물 같은 나무가/끝나지 않는 동토
> 에 박혀/뿌리 깊이에서 흐르는/물의 소리에 귀를 기
> 울인다//더는 감출 것도 꾸밀 것도 없다/잃고도 떠나
> 지 않는다/버티는 것 말고는 할 수 있는 게 없다//겨
> 울이 지나는 곳에서/한 생이 버티고 있다
>
> 　　　　　　　　　　　　　　　　「겨울나무」 전문

5. 살아지는 날들을 위하여

　이 시집은 "살다 보면 살아지는 날이 오겠지"라는 낮
은 독백으로 우리를 위로한다. 겨울나무처럼 서서, 때
로는 갈매기처럼 파도를 타며, 시인은 자신의 정체성과
어색함 사이를 가로질러 나간다. 『겨울이 지나는 곳에
서 한 생이 버티고 있다』는 비단 한 시인의 개인사뿐만
아니라, 이 시대를 버티며 살아가는 모든 '뿌리 잃은 존
재들'에게 바치는 헌사다. 언 땅 아래서 지금도 흐르고
있을 물소리에 귀를 기울이는 시인의 봄은 매번 첫사랑
입술처럼 뜨겁게 찾아올 것이다. 이 시집은 문학적 성

취를 넘어 고향을 떠나온 한 인간의 생존 기록이자 잃
어버린 이름에 대한 호명이며, '뿌리 잃은 존재'에 대한
위로이다. 얼어붙은 마음을 녹여 낸 삶의 고백이다.

  겨울이 지나는 곳에서 한 생이 버티고 있다